海の輝き　潮の呟き

桂沢　仁志

目次

海の輝き　潮の呟き

悲しみと海

どんなに澄んだ青い海でも
深くなるにつれ光が水に吸収され
濃い青からやがて暗い青となり
深海では色彩のない暗黒の世界となる

海底では上に積み上がる水の重さのため
深度により何百気圧もの水圧がかかる
もし私たちの悲しみが深ければ深いほど
心の底にかかる悲しみの圧力は大きいのか?

――永絶《えいぜつ》の哀しみ　生離《せいり》の悲しみ――
古来より離別の悲しみ以上の悲しみはないという
少年の時　曇って蒸し暑い夏の日の午後
灰色の空に父を焼く煙が煙突から昇っていた

悲しみの夕暮は深く　苦しみの夜は長い
失われた思いたちの発せられない叫びが
燐光《りんこう》となって海の上の濃藍色《こあいいろ》の夜空の
天の高みの星々の間を駆け巡っている

光る海　満ちてくる潮

昇る陽に黄金色《こがねいろ》に輝く海
無事を祈り豊漁を願い漁に出る
父母や妻子への思いを乗せて舟は沖に向かう
緑色と青色の潮が混じり合う中に陽を受けて

昼の陽に銀白色に光る海
重たげに喫水《きっすい》の下がった老朽船が去っていく
低賃金で寄せ集められた各国からの船員たち
煙草の吸殻が詰まった空の酒瓶《さかびん》が床で転がっている

沈む陽に黄銅色《おうどういろ》に輝く海
大きな疲れとわずかな漁獲を乗せて帰る
舟は波を切り艫《とも》を白い航跡がつけてくる
夕暮れの港では余り期待されないほうがいい

夜の月に銀鼠色《ぎんねずいろ》に光る海
静かな海面を跳ねる魚が黒い点となって水を打つ
潮が差してくるように眠りも満ちてくるものなのか？
今日の仕事すら机の上に積み上がったままなのに

はるかな岸辺

「一緒に泳ぎましょうよ」女は砂浜を駆け出した
男は靴の中の砂が気になってゆっくり後を走った
いつの間にか夕暮れから夜になろうとしていた
しかし浜には夏の日の暑気《しょき》が残って汗ばむ程だった
早くも渚《なぎさ》に着いた女が振り返らずに叫んだ
「こちらが声をかけるまで暫く後ろを見ていて！」
彼は言われた通り後ろの半月のかかった空を見ていた
紺色の空にサソリ座なのか大きな星座が広がっていた
「いいわよ　あなたも来て！」海の中から声が聞こえた

見ると女は岸から少し離れた海で首から上を出していた
岸辺には彼女の服と下着などが乱雑に畳まれていた
「真っ裸で泳ぐのは爽快《そうかい》よ　自由が肌で感じられるわ」
彼は困惑したが若い女に臆《おく》する自分も許せなかった
同じようにジーンズやＴシャツを脱ぎ岸辺に置いた
しかしさすがに下着は脱がずに海に入っていった
浅瀬の水はまだ温かく深みに進むにつれてひやりとした

彼女はすでに数十《メートル》も沖合いに向かって泳いでいた
「待てよ！」彼はその後を追って手足を必死に動かした
プールではクロールが得意だったが海だと勝手が違った
水泳ゴーグルは持っていなかったし眼鏡を掛けていた

苦手な平泳ぎで顔を上向きにして沖の方に向かった
藍色の空を西から南に向かって青緑色の流星が走った

女は沖合いから岸辺の方に戻ってくるところだった
「どう？　気持ち良いでしょ　裸で何の束縛もないのは」
彼は暫く立ち泳ぎでその場所にとどまっていた
その時体が夜光虫の光で青白く光っているのに気づいた
服の束縛から逃れても別の物が纏《まと》わり着くのではないか？
暫く一緒に半月に反射する夜の海を並んで泳いだ
彼女の全身の体が夜光虫の光で青白く光っていた
胸も腰も手足も全て女の体そのものが発光しているように見えた
視線の向こうの空のサソリ座をオレンジ色の流星が横切った

男は首を巡らして岸辺を探したがとても戻れそうもない気がした

雨《あま》だれ

秋の夜更けに　一つ　ピチッ
小さく張り出した二階の軒から
雨だれが落ちる　また一つ
暗い地面の水溜《みずたま》りでピチッと跳ねる

北向きの安アパートの窓の向こうに
削り取られた山林の樹木が見える
葉を落とした木々が寒げに身を立て
音もない霧雨の中に仄暗《ほのぐら》く煙っている

灰色の悲しみ　蒼白い憂愁
きみの一掬《ひとすく》いの砂に値するか？
黒い絶望　血の凝《こご》る悔恨
きみの一掬いの雨水に値するか？

肌寒い夜半　音もなく霧雨が降っている
二階の古い軒からまた一つ雨だれが落ちる
目の前を流線型の玉となり白い糸を引き
暗い水溜りへ　地の中心へ　ピチッ

春の岬

岬の季節は潮目を渡るようなものなのか?
潮の音は柔らかく響いていたはずなのに
陽の光には春らしい明るさが宿っていたのに
海を渡る風にはまだ冬の寒気が残っていた

緑色の海と青色の空が広がっていた
丸い海を包む空の間で水平線が霞み
黒い点となった外航船は水平線に尽きていく
近海で操業する漁船たちも陽の光に溶けている

海辺の浅瀬の中から生きのいい声が弾ける
「でっかい　初もぎだけん　おいしいよ」
胴長に身を包んだ浜のおっかさんたちが叫ぶ
岸辺に向かって大きな褐色の若布《わかめ》を投げる

岬の季節の移ろいは早くてゆるい
太平洋の荒波と内湾の静けさと
逞《たくま》しさと穏やかさと荒々しさと優しさと
半島の表と裏が一点で海と繋《つな》がっている

棄てられた村　消えた子供たち

暖かな日差しは広く空に満ちあふれ
樹木を撫《な》でる柔らかな風は葉を光らせる
収穫されることのない大根畑に薄紫の花が咲き
稔《みの》ることのない桃の実が落ち地に朽ちている
耕作地は荒れ果て野の草と草丈《くさたけ》を競っている
小屋から逃げ出した鶏たちが雉《きじ》たちと戯れ
野に解き放たれた豚が作物を食い散らかし
猪と交わって褐色の猪豚《いのぶた》の群れとなり野を荒らす
人々が作り育ててきた温かく穏やかだった村
ある日灰色の雲に覆われ棄てられてしまった村

強い放射能は村や家々や木々や野や畑を汚染し
道や神社や学校やグラウンドや公民館を侵す
村人たちは家を棄て思い出だけを胸に避難した
老人たちも父母や子供たちも誰もいなくなった
棄てられた村　村人の姿が消えた通りや家々
子供たちの姿がない公園　生徒たちのいない学校
月や星明りの下　灯の絶えた真っ暗な無人の家々
爆撃や破壊の跡さえない人気《ひとけ》の絶えた廃墟の村
放射線で体内の細胞を射抜かれ突然変異を起こし
見知らぬ獣たちが生まれ山野に群がるのだろうか？
県鳥のキビタキは森の梢で囀《さえず》り交わすだろうか？
文明からも人々からも　打ち棄てられた村

欧州楢《なら》の若葉が風にそよそよと揺れている
水色の空は高みを増して雲とともに輝いている
廃墟となった瓦礫の中で老人たちは　蹲《うずくま》っている
公園や路地裏からも破壊された幼稚園などからも
娘たちや若い母親や赤ん坊たちの姿は見られない
何より子供たちの歌声も歓声も影も消えてしまった
若者たちのいなくなったかつて美しく平和だった町
ある日突然隣国の大軍が侵攻し砲撃し占領した
住居や学校や病院や公会堂や教会を破壊し尽くした
男たちは祖国を守るために銃を取り兵士となった
女たちは暴行や　陵　辱《りょうじょく》から逃れるために町から避難した

だが親からはぐれたり親を失って逃げ遅れた子供たちは
密かに占領地か隣国の遠くの町に集団で連れ去られ
「児童保護施設」という名の強制収容所に入れられ
「再教育」と称して母国語や文化や習慣を禁じられ
無理やり隣国の言語や歴史や体制などを教え込まれる
やがて隣国の家庭の養子となるか児童売買の質《しち》となる
連れ去られた子供たち　消えてしまった子供たち
時折監視の装甲車が兵士らを車上に乗せて見回りに来る
瓦礫の町に老人たちだけが息を殺して蹲っている
いつか廃墟の町にアオバトたちは舞い戻ってくるのか?
今も焦げ跡の臭いの残る町　消えてしまった子供たち

母なる海

四季の風に海は光り潮は流れ
太陽系の星　青い地球　水の惑星
海の水は日の光の虹の七色のうち
赤や黄の色などを吸収して青く見え
海の水は深くなるにつれて光そのものを
吸収し少しずつ暗くなり濃紺《のうこん》から暗黒となる

始原の海は強い酸性だったという
長い年月を経て岩石などの金属と反応し
中和されて現在のほぼ中性の海となった

幾億年かの時間の後に生命が誕生し
進化し分化し多様な生物体ができた
すべての生命は始原の海が母なのだ

死の跡は白い雪《マリンスノー》のように降ってくる
海の上層から浮遊生物《プランクトン》などが落ちていく
暗黒の海底に死んだ物たちの層が重なる
長い地質時代を経て化石燃料などになる
海は生命の誕生の場であり墓場でもある
光り波打ち　青く漆黒の　生と死の海

満月の月が海に沈む　大潮の満ちる時

暗黒の海の中に小さな火が点り
やがて微《かす》かな心音とともに血が巡り
わずか数センチの胎児へと成長していく
羊水の海で母の心音や語りかける声を聞き
世の光りを待っている　母なる海の水を飲み

闇の色

満開の桜の花の樹の下で夜風に吹かれ
蒼ざめた頬に唇は震えて立ち尽くしている
「いっそ俺が行くなら問題はないだろう」
夜半の静けさから舞い落ちる花の薄紅《うすくれない》の闇

空の群青《ぐんじょう》と海の紺青《こんじょう》が眩しく溶けていく中に
指示された海域には敵の船影の跡すらもなく
爆弾を抱えた無防備な機は待ち伏せ攻撃で被弾し
炎上しながら空と海の青い闇に吸い込まれていった

洗面所で吐いて戻ってきた宴会場に入ると
席に渦巻く酔客の息やだみ声や嬌声《きょうせい》が発散し
高い天井から雪のような悲しみが落ちてくる
耳鳴りのする白い闇の中で動くこともできない

「いっそ完全に燃え尽くされてしまえば良いんだ
この世に跡もなく初めから居なかった者のように
僅《わず》かな灰が残るにしても投げて魚の骨にでもなれ
煙は天に昇るのだろうか？　身を焼く炎の赤い闇」

意識の網

時代はその時々の意識の網を
私たちの体に巻きつけるものなのか？
日露戦争で弟の従軍に際して
「君死にたまふことなかれ」と
反戦を熱く歌った姉は
太平洋戦争での息子の出征《しゅっせい》のときは
「……わが四郎　み軍にゆく　たけく戦へ」と
わが子を国に捧げる皇国の母となった

かつて情熱の浪漫派歌人と言われた人は

その心の中が変わってしまったのか
あるいは時代の意識の網に捕らわれて
網の目の中しか見えなくなっていたのか？
それとも浪漫的情熱そのものの中に
熱狂的な皇国の萌芽《ほうが》が潜んでいたのか？

遠くの国の薄汚れた狭い路地裏に
一人の痩せた少年がうずくまっている
脇腹《わきばら》には深く新しい傷跡がある
少年の行いは家族の貧困を救い
健康をそこねた富裕の人を救う
神はこうして人を地に住まわせているのか？

時代には時代の熱狂と沈黙がある
人の生の中にも喜びと悲しみがある
時代の中の意識の底に広がる荒野
土埃《つちぼこり》で霞む道を一人の少年が家に帰っていく

雲の墓

今日もどこかの国で爆煙《ばくえん》が空を覆う

かつて『ズボンをはいた雲』※を書いた詩人は
むしろ幸せだったのかもしれない
煙突から立ち上るどす黒い煙雲《えんうん》に
折り重なった墓を見ることはなかったから

一ちぎりのパンをかじって
黄金色の麦畑と青い空と葡萄酒を
味わった詩人は幸せだったのかもしれない

広大な麦畑は無数の砲弾の穴で荒らされているから

一粒の麦が実を結んで百粒となり
百粒の麦が実を結んで一万粒となり
一万粒の麦が実を結んで百万粒となり
百万粒の麦が実を結んで一億粒となる
人々は一億粒の麦の実を蒔《ま》くために必要な
より広い土地をめぐって隣国を侵略する

生物学者や評論家は言う
「麦という一つの植物・生物が持つ自己繁殖性《はんしょくせい》
生物の再生能や増殖能とそれを食する人類の侵略性

これらは麦という植物と人間という動物の生物的必然
文明という無限の征服欲に支配された人類の宿命だ」

今日もどこかの国で爆煙《ばくえん》が空を覆う
どす黒い雲の中に幾つもの墓が折り重なっている

※『ズボンをはいた雲』：ソ連の詩人B．マヤコフスキー（一八九三〜一九三〇）が一九一五年に発表した詩。ソ連成立前後に活躍するが、後に左右両翼からの攻撃や個人的悩みから拳銃自殺。

一粒の……

一切れのパン　蟻たちが運んでいくほどの
一掬《ひとすく》いの水　わずかに喉を潤《うるお》すだけの
微かなものたちは実現されることはない
森の奥の樹の根元で密かに朽ちていくように

一摘《ひとつ》まみの米　籾俵《もみだわら》からこぼれたほどの
一粒の麦　落穂《おちぼ》拾いからも漏《も》れただけの
だが細《ささ》やかなものもいつか土の中で光を放ち
芽を出し花を咲かせ実を結び穂を垂れるだろうか？

夥《おびただ》しい弾丸　家の窓や壁を撃ち抜くほどの
煙に霞む砲撃　学校も病院もすべて廃墟にするだけの
敬虔な祈りも家族への愛も同胞への思いも
地に穿《うが》たれた砲弾の穴のように天に空しく向けられている

一本の薔薇　差し出した手の指が血で滲《にじ》むほどの
一枚の枯葉　ただ地に落ちて静かに土に還るだけの
小さなものたちが集まっても強く大きなものにはなれない
沈む夕日に目を凝らしてもその先を見ることはできないだろう

雨が降る

雨が降っている
霧のような絹のような
街のビルを濡らし舗道《ほどう》を湿らせ
家々の屋根や窓を光らせ
田畑を潤し山野に恵みをもたらす
もし世に慈雨《じう》や甘露《かんろ》があるならば……

雨が降っている
大粒で熱く激しく
熱帯雨林の樹々や葉を打ちつけ

幹を滝のように下り土壌を浸す
昆虫や鳥や動物たちを黙らせ
地上の生き物たちを天と共に支配しようと

雨が降っている
冷たく肌を刺すような
都会を凍らせ廃墟を荒らし
思い出も悲しみからも遠く離れて
醜く抉《えぐ》られた地球の上の深い傷跡
傲慢な人類による文明の破壊と汚染
この地上は決して癒《いや》されることはない
今日も冷たい雨が降っている

視野の罅《ひび》

私たちの意識の底に広がる視野に
つと亀裂が走り背後の世界が仄《ほの》見える
歴史は絶えず進化するとされているが
退化も進化の一形態《いちけいたい》だとも言われる

殺人者や強盗犯が恩赦と引き換えに
刑務所から出され苛酷な戦場へ送られる
そこでは望むだけ人殺しが許される
「より多く殺した者がより良い兵士」となる

私たちのポケットには痛む心などはなく
身に覚えのない請求書が一杯詰まっている
強要や差別のない社会などはなかった
夕暮れに人はその日の疲れを引きずって帰る

昨日の次の日が今日となるわけではなく
今日の次の日が明日となる保証はない
拷問部屋の奥に子供の拷問部屋があるように
私たちの意識の底の視野は罅だらけだ

秋の予感

朝日に祈る者は
多くを願い
夕日に祈る者は
かすかに願う

きみの目には群青色《ぐんじょういろ》の
空の愁いが宿り
夏の末の海の上の積乱雲が
その白い塔の形を崩していく

人には人それぞれの
悲しみがあるように
きみは一人できみの悲しみを
生きていくしかない

岬の頂から海辺を見ると
沖からやってきた荒い波が
磯の岩根《いわね》で白く激しく砕ける
きみは一人秋の予感に戦《おのの》いている

巡り来ることのない季節（二・二四）

かつて静かな森を黒い沈黙が支配した
「チューリーチュルチュリ」と
オレンジ色の小さな胸を膨らまして
春を告げた欧州コマドリは姿を消した
蔓や枝葉で擬装《ぎそう》した鋼鉄の戦車が犇《ひしめ》き
砲塔《ほうとう》を巡らし砲身で獲物を捜し求めた
樹木の隙間から市街地に狙いを定め
戦車群の砲口から次々に砲弾を撃ち込んだ

住宅や病院や学校などの民間施設が砲撃され

瓦礫の下に老人や女性や子供や赤ん坊の
無惨な遺体や体の一部や手足が埋まる
兵士ではなく民間の市民たちを殺害し
迫害し拷問し虐殺し子供たちも拷問し
人格を破壊するほど恐怖を与えることが
占領地支配の近道だと信じられている
かつてナチスの指導者らが行ったように

占領地の子供たちは親から離され誘拐され
「児童養護施設」という強制収容所に入れられ
「再教育」との名目で甘言《かんげん》と脅しによって
母国の言葉や文化や歴史や習慣を禁じられ

かの国の言語と文化などを教え込まれる
子供たちは「再教育」をされた後
かの国の家庭に「養子」として送られるか
人身売買の取引材料にされてしまうという

いつの時代も力は正義であり
正義は人々の支配を要求し
支配は人々の恐怖からなり
恐怖は正義を固めるものなのか？
同じ神の主教は侵略戦争を祝福し
同じ神の司教は戦争を痛み平和を祈る

硝煙が満ち溢れる森には
生きているものなどいない
コマドリたちは鳴くことはない
砲撃で無数に空いた野や畑の上で
ヒバリたちが囀《さえず》ることはない
町や村では子供たちの歓声は消えた
月日が経《た》ってもこの国に平安はこない
巡り来ることのない季節の中で……

終わりのない……

終わりのない夜はあるのだろうか？
月が地球に対するように
いつも同じ面を見せる星の運行
いつか私たちの地球も太陽に対して
同じ面を見せ続け永遠の昼と夜を持つだろう

終わりのない苦しみはあるのだろうか？
世が始まるや常に強者が弱者を支配し
何万年も築き上げてきた人間ピラミッド
かつて一人の王の死のために

幾百人もの人たちが一緒に殉葬《じゅんそう》された

終わりのない夢はあるのだろうか?
人の運命や境遇が平等でないように
人それぞれの枕には相応《ふさわ》しい夢しか結ばない
失われたものにこそ真の価値があると思えるように
私たちは不眠の枕の中で暁《あかつき》に目覚めることはない

終わりのない死はあるのだろうか?
温かく家族に看取られるにしろ孤独の中にしろ
生の反対側に死があるわけではない
ある国での収めきれず急ごしらえの仮の墓地

名もなく番号だけが記された枯れ枝の十字架

生きるということ

この世で生きるということは
日々汚れてゆくということなのか?
交差点で白い杖をつく人が立ち尽くしているとき
私たちは見もせず気にも留めなかったではなかったか?
砲弾が住居や学校や産科・小児科病院を破壊しても
地震で崩れて瓦礫となった建物に人々が埋まっても
「可哀相だが仕方がない　私たちには関係ない」と
テレビや新聞の報道に目を背けたのではなかったか?

草木が芽吹き新鮮な若葉を空に開いて

瑞々《みずみず》しい細胞の一つ一つ全身を震わせて
太陽の光を受け取り根は地から水を吸収し
生命の炎を点し続けたのではなかったか？
だがやがて季節が移りゆくとともに
細胞の中に老廃物が溜まり柔らかさが失われ
葉の色は失われ枯れ朽ち果ててゆく
ある日　枝から離れ落ちて土に埋まる

私たちがこの世で生きてゆくためには
苦しみを紛らわせ悲しみを飲み込まねばならない
やがて苦しみや悲しみは体の中に溜まり続け
人知れず魂の底で醜く腐敗してしまうのか？

若葉が季節を生きるにつれて瑞々しさを失い
柔らかく新鮮なその姿が朽ちてゆくように
この世で生きるということは
日々汚れてゆくということなのか?

痩せ細る地球

昨日の夢は　今日の幻想
今日の夢は　明日の陽炎《かげろう》
明日の夢は　未来の廃墟

月の上から地球を見れば
満月の半径四倍・面積十六倍の
巨大な青い地球が宇宙の中を
満ち欠けしながら巡っている

海と陸と空に覆われた奇跡的な星

海は埋められ
陸は削られ
空は汚されても
じっと耐え続けている沈黙の星
蒼白く満ち欠けし痩せていく地球

この地球の中の世の国や人々は
海や陸や空に身勝手な線を引く
その線を境にして国と国が対峙《たいじ》し合う
「領海を侵し国境を越え領空を犯した」と
武器を取り砲弾を撃ち戦車で蹂躙《じゅうりん》する
他国の地を占領し住民を支配拷問する

昨日の夢は　幻想の今日
今日の夢は　陽炎の明日
明日の夢は　廃墟の未来

宇宙の中で満ち欠けしながら
痩せ細っていく孤独な蒼白い地球

瞼の裏の闇

晴れた初夏の日の午後
爽やかな風に吹かれ
川原の土手の草むらに横になり
そっと目を閉ざせば瞼の裏の
オレンジ色の闇の中に
様々な影が浮かんでは消えていく

はるか遠く離れてしまったものたち
ささやかな言い訳さえも許されることなく
惜別《せきべつ》も悔恨《かいこん》もすでに枯れてしまった

喉の奥に張り付いたままの言葉とともに

眠られない冬の夜半
乾いた風が窓枠を打つ
床に転がっている安酒をあおって
冷たい床の中で固く目を閉ざせば
瞼の裏の墨色《すみいろ》の闇の中に
異形《いぎょう》の黒い影たちが身を捩《よじ》っている

祈りに満ちた静かで平和な町や村が
あんなにも易々《やすやす》と砲撃によって廃墟となり
大地に蜂の巣のような穴が空くものなのか？

眠られない夜半に固く目を閉ざせば

早春の祈り

春の眠りは暁を覚えずと言われるが
穏やかで快い夢の後の早朝の目覚めは
なぜ寂しく悲しく胸苦しいのだろう？
小さな部屋の窓から春の明け方の空に
蒼白く透けた細い月が掛かっている
痩せた人の胸のレントゲン写真のように

私たちは未来の子供たちに何を残せるだろう？
背負いきれない程の負の遺産ばかりだろうか？
何千兆円もの借金　伐り尽くされた森林

剥ぎ取られた大地　世界中の海洋汚染
何十万年も保管し続けねばならない核廃棄物
廃墟の街の無数の砲撃の穴と突き刺さった不発弾

子供たちは私たちに一体何をしたと言うのか？
未来から夢と希望を与えてくれたのだろうか？
私たちが彼らに闇と絶望しか与えなかったように
私たちの祈りは届かず彼らの声も聞こえないのだ
部屋の外では梅の花が香り桜の蕾《つぼみ》が微風《そよかぜ》に震え
早春の朝の光がそっと窓ガラスを叩いているのに

蒼白い雲の影

冷たく澄んだ北国の夏の海は
沖に向かい緑から青色に広がっていた
水平線の上には低く積乱雲が漂い
雲は風に千切《ちぎ》れて空の青に溶けていた

ぼくらは岬の端の断崖に立っていた
午後の日差しは砂のように無味だった
進むことも引き返すこともできなかった
ぼくはもはや何処《どこ》にもいないも同然だった

沖に向かって一隻の錆《さ》びた老船が進んでゆく
紺青色《こんじょういろ》の海面に一すじの白い航跡を残して
あんなに疲れた姿で異国のどこに向かうのか？
だが停泊する港があるだけ幸いなのだろうか？

時おり陸から南よりの風が吹いてきても
きみの表情は硬くひび割れたままだった
老船はすでに沖から水平線の向こうに去り
千切れた蒼白い雲の影が空の中に透けていた

さようならの形

別れには一定の形があるものなのか？
あるいはそんなものなどないものか？
多くの国では人の生と死の別れには
それぞれの方法で葬儀が行なわれている

別離には幾《いく》ばくかの感情が伴う
かつて愛し合った者同士の突然の別れ
「さようなら」も言わず後ろに手を振る
出会った記憶すらなく互いに歩き去る
活発でボール遊びが大好きでいつも自ら

ボールを銜《くわ》えてきて遊びをねだった犬が
老い衰えて以前のボールを渡そうとすると
「クィーン」といって悲しそうに後じさりした
その数日後横たわったまま半開きの目に
映っていたのは別離の影ではなかったか？

別れには予感が伴うものと
伴わないものがあるのか？
目の前で楽しそうに話し合いながら
ふと別の景色が見えて突然の別れを知る
朝には元気な笑顔で仕事に出かけた父が
夜には病室の薄暗いベッドで遺体となっていた

僕は知らない
どんな別れが最高で
どんな別れが最低か
ただ別れには痛みが残る

僕の目の底に刻まれた
いくつもの別れの傷跡
それらが夜半に目を覚まし
頭の中を駆け巡るのだ

デイジーと小梅《こうめ》

ぼくがデイジーと再会したのは秋の中ごろ
まだ日の暖かさが残る午後の公園だった
久しぶりの散歩に疲れてベンチに座っていると
老婆に寄り添うように一匹の老犬が歩いていた
初めはデイジーだとはとても思われなかったが
全身茶色で雑種の中型犬で額に雛菊《ひなぎく》一輪ほどの白い点
十数年ぶりでどんなに姿が変わってしまっていても
時折立ち止りつつ老婆を思いやる姿はデイジーだった
老婆はそんな愛犬を見て声をかける
「小梅ちゃん　いつもありがとう

またわたしと一緒に散歩してね」
そうかデイジーは今は小梅と名前を変えたのか？

十数年前ぼくが子犬を散歩に連れていくと
通りの道などでよくデイジーと主人に出会った
主人は若い亭主だったり奥さんだったりした
彼女は雑種の雌の成犬でとても大人しく行儀がよかった
やんちゃな子犬が嬉しくてじゃれ過ぎて甘《あま》がみしても
決して怒ったり吠え返したりすることなどはなく
子犬のなすがまま両足を揃えてきちんと座っていた
行儀よさの中にどこか悲しみに耐えている姿にも見えた
ぼくと子犬は彼女の優しさにいつも甘えてばかりいたが

ある日デイジーのことについてそっと主人に聞いてみた
「この子はね　実は保健所で処分されそうなところを
うちの家内がもらってきてね　子供がいないもんで
命拾いした怖さがあってか初めは食事も口にしなかった
最近ようやく慣れてきたけど俺らに恩義《おんぎ》でも感じるのか
いつまでも我慢して耐えているように大人しいんだ
居てはいけない場所に生かせてもらってすみませんと
ある時ふとどこか遠くを申し訳なさそうに眺めるんだ
もっと自分を出して俺たちに甘えてくれてもいいのにね
額に雛菊ほどの白い点があって花言葉が「希望」だからと
家内がこの子にデイジー（雛菊）って名をつけたんだよ」

しかしデイジーとの交流はそう長くは続かなかった
若い夫婦と彼女は引っ越したのか見かけなくなった
ぼくは仕方なく一人で子犬と寂しく散歩していたが
ある日道で何か毒を食べたらしく急に死んでしまった
ぼくは時々うちの子犬とデイジーのことを思い出す
いつも悲しくなるので犬のことは考えないようにしていた

ところが今日「小梅」と名前を変えたデイジーに会った
十数年の間にデイジーにどんな運命があったのだろう
引っ越して主人が変わって名が変わって
別の所に引き取られて環境と名が変わって
今は「小梅」という名で老婆に寄り添って

額の白い点だけは小さな花のように気品があって
ぼくは老婆と小梅がゆっくり去っていく後姿を見送った
デイジーはぼくに気づいただろうか？
それともすっかり忘れてしまったのか？
木立の陰に消えるとき確かに尻尾を振ったように見えた

灰色の花びら

霞んだ空から断片雲《ちぎれぐも》のような
灰色の悲しみが降ってくる
麻酔された目覚めのない季節に
人知れず散る花びらのように

きみたちは決して悪くはない
いつも誠実に生きてきたのだから
町の向こうの西にある山の端に
歪《いびつ》で丸い夕陽が静かに沈んでいく
何十万年間も繰り返された光景

そこで住む人々の祈りと願いを込めて

ある国の兵士らが原発に侵攻した
敷地を占拠し職員を拘束し塹壕を掘った
敵からの攻撃が避けられると思ったか？
だが壕を掘った兵士らの多くは被曝《ひばく》した

幾つもの時代の中で
支配者は歴史を誇り
人々は悲しい唄を歌う
明けることのない夜はないと言われるが
人々は一体どんな朝を迎えられるだろう？

灰色の花びらが舞い落ちる日々に

隣の座席

かろうじて死を免れた人は亡くなった人への共感とともに
自分が「生き残ってしまったという罪責感」を感じるという

渓谷美で人気の山間《やまあい》の路線を走行中の列車が
両側に迫る急な崖の間をカーブしていたとき
崖から突如落下してきた巨大な岩が衝突し
列車の一部車両は大破・脱線して緊急停止した

岩は七両編成の中央車両の四号車を直撃
車両は横転・脱線して大破した

前後の三・五号車は横転は免れ脱線・小破した
先頭車両と最後尾の一・七号車は脱線もなく無傷だった
巨岩の直撃を受け大破した四号車では
三分の一が死亡　三分の一が重傷　三分の一が軽傷だった
大破した両隣で脱線・小破した三・五号車では
三分の一が重傷　三分の一が軽傷　三分の一は無傷だった
先頭と後尾の一・七号車はいずれも怪我人はなかった

「僕は渓谷の景色が良く見えるようにと
座席番号を交換して彼女に窓側の席を譲った
窓外の緑の景色が流れ彼女の笑顔を見た瞬間
砲撃に似た強烈な衝撃に体が飛ばされた

一瞬目の前が真っ暗になり気がついたとき
僕は死体か怪我人かが積み重なった中にいた
必死に彼女を探そうとしたが体が動かせなかった
悲鳴と呻《うめ》き声の渦巻く中　顔をひねってみると
横倒しとなった車両の真上の部分に車窓を破って
半分ほどめり込んだ大きな赤黒い岩のようなものが見えた
でもそれは頭からの血が目に入ったせいかもしれない
僕は体を動かすために無理やり手足を引っ張った
奇妙な感覚とともに足は人々から抜け這《は》い出そうとした
その時　僕の腕を血糊《ちのり》で黒ずんだ誰かの手が摑《つか》んだ
とっさに僕は右の肘で強く打って血糊の手を振り払った
その後散乱する車内を這って彼女を探したが無理だった

いつの間に気を失ったのだろう?
何時間か後　救助隊に助け出され担架で運ばれた
僕は隊員に礼を言おうと首を起こした
担架の上の自分の体の左足の膝から下が
なくなっているのを見てまた気を失った」

「入院中に彼女の死を知らされた
胸部圧迫による即死で美しい死に顔だったという
僕は退院後　松葉杖で彼女の墓前に三度行った
だが彼女の家の霊前にお参りすることができない
僕は怖いのだ
訪れれば初めは彼女の母親も僕の弔問を喜んで

お茶菓子を前に生前の娘の様子を話すだろう
時には笑みさえ浮かべて僕たちのことを聞くかもしれない
だが突然涙と嗚咽《おえつ》の後で怒った顔で叫び出すだろう
『どうして私の娘だったの？　あなたではなく！』

僕は今も自問し続け後悔している
『どうして僕ではなかったのか？』
なぜ彼女に窓際の席を譲ってしまったのか？
あの時　肘で打った人は生きているのか死んでいるのか？
僕は無意識のうちに人々の死を願っていたのか？
時折失われてしまった左足の膝下が激しく痛む
きっと今夜も暗い雨が降るだろう

黒ずんで血の匂いがする大粒の雨だ」

地の穴と苗木

雪解けの季節は過ぎたのに凍《こご》える風が吹いている
泥濘《ぬかる》んだ荒地にいくつもの新しい穴が掘られ
住民に両端を持たれた黒い袋が投げ落とされる
花束も人々の祈りや悲しみの声や墓碑銘《ぼひめい》もなく

来る日も来る日も新しい穴に袋は投げ込まれる
占領地では平和で穏やかな家庭生活は幻であり
地下の一室に削《そ》がれた耳や剝《は》がされた爪が散乱し
暗い部屋の床は強い酒と血糊《ちのり》で汚れたままだ

ぼくらも同じような部屋に住んでいるのか？
他人《ひと》への思いや感情を失ってマスクで息を殺し
アルコールで殺菌消毒して感覚を麻痺《まひ》させて
閉め切った扉と窓の小さな部屋に引きこもっている

人々の悲しみや苦しみが体の重さで量《はか》れるなら
いったい何百万台のトラックが必要なのだろう？
かつて遺体をブルドーザーで処理した土地の上に
今に生きる人々はどんな苗木を植えられるだろう？

睡蓮《すいれん》（8．6）

祖母に頼まれ祖父の初盆《はつぼん》の花を取り替えると
少女は墓地から古い寺の境内《けいだい》に立ち寄った
蝉が鳴きしきる中での不思議な静寂と明るみ
小さな庭の池に睡蓮がひっそりと咲いていた

夏の朝の陽を受けて銀色に輝く水面の上に
赤や青の睡蓮の花が数個身を寄せ合っていた
まるで睡《ねむ》りの姿は一種の涅槃《ねはん》であるかのように
静寂は一つの悟りであり祈りでもあるのか？

少女は寺の池の静寂と明るさに見入っていた
時おり風が渡り睡蓮の花びらがそよと揺れた
ふいに青い空の高みで爆音を聞いた気がした
彼女が見上げる間もなく水面が強烈に光った

少女は空と池からの白銀の光に体を射《い》られ
爆風とともに寺の木々の間に吹き飛ばされた
祖母や母や妹たち家族は無事なのだろうか？
目の奥底の白い闇の中で睡蓮は見えなかった

昼顔（8．9）

登りの道は息が苦しくなっても嫌ではなかった
一足ごとに視界が広がる感覚が好きだったから
少女は朝早く家の用事で親戚の家へと坂を下った
通り道には花らしい花は一つも咲いていなかった

ところが帰りの道では昼顔の花が咲き乱れていた
朝を過ぎ昼ごろから花を開き夕方にしぼむ一日花
薄紅色《うすべにいろ》の昼顔に染まったように少女の頬が赤らんだ
人はある時ふと感情の箱が開くことがあるのだろう

眼下に造船所のドックと鈍く光り揺れる港が見えた
厚く覆われていた雲の一部が裂けて青い空が透けた
町の人々の生活も草木も虫も一息入れる頃だった
夏の日が午前から午後へと移っていく白い静寂

少女はふと空のどこかで鈍い音を聞いた気がした
雲の切れ目の深く青い空の中に大型の機影を見た
突然銀色の光に灼《や》かれ盲目となって吹き飛ばされた
昼顔の花々も少女の姿もどこへ行ってしまったのか？

季節に咲く花

一つの優しさが
深い溜息《ためいき》とともに
真昼の闇の中に落ちていく
咲き急いだ白木蓮《はくもくれん》の花びらのように

一つの悲しみが
失われた日々とともに
夕暮れの闇の中に散っていく
咲き損《そこ》ねて陽も見ない 葵《あおい》 の花のように

一つの諦めが
生の不在という痛みとともに
夜の闇の中に舞い落ちていく
地に散り敷く宿命を知る桜の花びらのように

咲く花びらにそれぞれの「時」があるように
私たちの生活も感情も思いも祈りも
「時」や「開花」や「満ち欠け」があるのか？
季節に吹く風は一つとして同じ花を咲かせない

四季の雨だれ

雨の手術室の中は妊婦をリラックスさせるためか
静かで落ち着いたバロック音楽が流れていたようだ
医者は祝福と確信の意を込めて言った
「おめでとうございます全く順調です
ここまでくればほぼ大大丈夫ですよ」
堕胎のはずの手術台の上で宿命を覚悟した
母の悲嘆の呻《うめ》き声を一緒に聞いた気がする
僕はまだ母の胎内の子宮の中にいたけれど
母の声や息遣《いきづか》いや心音の様子によって
また母体と胎児を結ぶ胎盤《たいばん》などを通して

母の悲しみが手術台を通して伝わってきた
「母は僕を産むことを恨《うら》み悲しんでいるんだ」
僕は不安なまま羊水の中でただ指をしゃぶっていた

僕の出産後母は体調を崩して床に就き
それから以後は祖母に育てられた
天井の高い大きな仏間の一部屋で
部屋の中の半分ほどを仏壇が占めていた
ぐるりの鴨居《かもい》には祖先の遺影が飾られていた
一度途絶えた家系を養子縁組でなんとか再興した
親族たちは誰一人知る顔も懐かしい姿もなった
僕は鴨居に並んだ遺影たちが怖かったので

もっぱら天井の板の節目や穴を見ることにしていた
僕はある日不思議なことに気づいた
板の節目や穴にも表情があって優しく繊細だったり
喋《しゃべ》りたそうな様子をしながら厳しく冷酷だったりした
ところがあるとき僕は流行性感冒に罹《かか》った
連日四十度程の熱が出て寝返りもままならなかった
天井板の節目や穴は揺れ始め回り始め
まるで舟底からみる闇夜の荒い海のようだった
祖母も心配で布団の端で仏壇にお経を読んでいた
往診の医師が二日ほどきて大きな注射をしていった
何日目かの後　朝の鳥たちの鳴く声が聞こえ始め
村人たちの挨拶や行きかう足音が聞こえていた

意地悪じみた天井の節や穴も澄ました顔をしていた
僕は久しぶりに裸足のまま庭を走り回った
「ちゃんと足を拭いとくんだよ　仏さんに叱られるからね」
編み物をしながら祖母の声が聞こえた
明日は雨が降るだろう　足裏の土や落葉が湿っていた

母屋の脇にある納屋の屋根に登って居場所を定めると
音もなく更けていく夏の夜空に目を凝らした
紺色の南の空に琴座《ことざ》・白鳥座・鷲座《わしざ》が空を舞っていた
でも内心地平線近くに広がった赤いさそり座が怖かった
今日の目的は星を見るためじゃない
母屋から親父の霊が出て行くからと彦爺が言ったからだ

酔っ払っていても釣りに連れて行ってくれるとよく釣れた
駆けっこのときビリにならないおまじないを教えてくれた
その彦爺が言うんだからきっと本当なんだろう
「母屋の少し上のほうをじっと見ているんじゃ」
でも本人はもう飲んだくれてどこかの土間か納屋で寝ているんだ
で僕は母屋の方の少し北側の空を見張っていた
南の空に比べて北側の空は少し寂しい
大きな星座や明るい星座が乏しいために藍色に見えるのかな
でも北にはちゃんと北斗七星がかかっていて安心できた
二・三時間見張っていたけど結局親父の霊を見れなかった
赤や緑や青色の流星が夜空を斜めに切るのを眺めていたけれど
納屋の辺りで叔母さんの囁く声がした

「兄さんの……お父さんの霊は見れたの？　いい加減降りてらっしゃい
明日は大役の〔喪主〕を務めなくちゃいけないのよ　こんな子供なのに」
納屋の屋根の下の辺りを下駄でかき回すようにして涙声を紛らせた
一番下の叔母は僕を弟のように可愛がってくれ今も心配してくれていた
「オバさん大丈夫だよ」
僕は納屋の柱に巻きつけた紐を使って地面に降りた
「今夜の星空観測によると東西南北異常なし　明日は晴天
紫外線多し　若い女性は紫外線対策を十分すべし」
叔母はくすっと笑って言った
「言い方まで兄さんに似てきたのね」
煤《すす》けて厚い金属の扉が開き暫くして台車が引き出されてきた

テレビか映画で見た石灰岩の運搬用トロッコのようだった
この台の上に父は骨となって横たわっているはずだった
早くも叔母は顔を覆い「兄さん　兄さん」と泣いていた
手から零れた涙が台車の上の骨に滴り「ジュッ」と弾けた
「台車の周りはまだ熱いですから気をつけてください！」
僕は叔母と二人で父の骨を拾った
母や叔父や姉たちは周りの人たちへの挨拶で忙しかった
僕は人の生と死と肉体というものがこんなにも安々と
白い物質に化してしまうことに衝撃を受けていた
僕は叔母さんに聞いた
「オバさん泣きすぎたから明日は晴れがいい？」
「いいえ顔はもうぐちゃぐちゃだから明日は雨がいいわ」

光と時

なんだか夜が明け白んできたのか？
俺はずきずき痛む頭をひねってみた
ぼんやりと窓らしき物が浮かんで見え
カーテンの隙間《すきま》から青い空が透けていた
恐らく俺はどこかの部屋にいるらしかった
窓の方に手を伸ばそうとしてやっと気づいた
俺の腕には点滴のチューブがきつく固定され
両足も何かに縛られて身動きできなかった

俺は何故こんなことになったのか知らない

ただ街の雑踏《ざっとう》の中を押し合いして歩いていた時
誰かに強く突き飛ばされ転んで頭を打ったようだ
その後のことはまったく覚えていなかった
その間　白や灰色や蒼白い影などが覗き込んだり
高くて白い天井がぐるぐる回ったりして
まるで船酔いのような嘔吐感《おうとかん》にも襲われた
いったい俺の身に何が起こっているのか？

かつて映画の上映中つと映写機が止まって館内に
明かりが点いた時スクリーンはただの白い布だった
どんなに感動的な映画も光を失えば布に過ぎない
同様にどんな人も思い出も記憶も時が過ぎ去れば

全てはただの白い布でさえなく実在しないものだ
してみると光も時もみな過ぎれば幻に他ならない
俺たちは何処から来て何処に行こうとしているのか？
羊水の海の中で母の心音を聞き指しゃぶりしていたのに

確かに俺は最近誰かに後を付けられていた気がする
健康保険証を国指定のカードに付帯《ふたい》することになり
言われるがままに病院で血液検査を受けさせられた
国から「同意しない」との強い意思表示がなければ
自動的に「同意した」とみなすとの通知が来た
俺は面倒臭かったからそのまま忘れてしまった
ところがある日　国の関係機関から突然

「あなたの血液型は臓器移植希望者の一人と一致したので
ぜひ臓器提供に協力してください」との通知があった
最後に「新しく法案の改定によりあなたより移植希望者の方が
社会的地位も資産も優れているので上位者へ下位者の臓器を
提供することも決まりました」と書かれていた
それで臓器移植ブローカーが俺の後を付けねらって
俺を「脳死者」にして臓器を売って一儲けを企んでいるのだろう
今の相場は腎臓が二千万円　心臓が四千万円らしい
俺の年収の十倍以上　地位が上位の臓器希望者の税金の方が高くて
俺なんかより国としては税収の面ではるかに有利だからな
そうか俺はやっと気づいた　なんて馬鹿だったのだろう！

ここは臓器移植用の病院の一室だったのだ

病んだ季節

六月初めの紺青色《こんじょういろ》の海の上に
巨大な白い積乱雲が沸き上がり
熱い南の風に寄せる波が砂浜を洗う
季節には早過ぎる六月の盛夏なのか？

山野の森では歳月を経るごとに
樹木には確かな年輪が刻まれるのに
世の人々には打算や欲得という
薄皮の皺《しわ》が日々重ねられていく

この世界には不思議な声が満ちている
「言う者は知らず　知る者は言わず」
耳を惑わす言葉　嘘を真実だと叫ぶ声
雑踏の中で人々はその声に流されていく

押し潰《つぶ》された喉が真実を語れないように
心の底の本当の思いや望みを知ることはない
季節には早過ぎる真夏の空の雲
渡る風に病んだ季節の臭いがする

冷たい雨に……

霙《みぞれ》混じりの冷たい雨が降っている
灰色の厚い雲が空一面を覆い隠し
いずれ厳しく凍える長い冬が来る
葉を落とした橅《ぶな》の梢《こずえ》が風に鳴っている

この世には
宮殿のような豪奢《ごうしゃ》な墓がある
墓石だけの慎ましい墓がある
墓碑銘《ぼひめい》のない木の枝の墓がある
名も知れない墓なき墓がある

生も死もかつて平等だったことはなく
大地に蒔《ま》かれた種子たちのすべてが
必ずしも実を結ぶわけではないように
あなた方の思いが遂げられるとは限らない

慈悲のない戦争で突然両親を亡くした
幼い少年が一人冷たい雨の道を行く
涸《か》れた涙の跡が雨粒に流されていく
癒《いや》されるはずのない孤独な魂は
むしろ満たされることを望まないのか?

黄金の穂波と……

ただ一粒の種が地に落ち
暁《あかつき》の光に芽を出し
地中の水に根を伸ばし
小さな苗となり葉を繁らせ
空の光を吸収し一株の麦となり
豊かでたわわな実を垂れる

これが奇跡でなくて何だろう
適度な温度と水分
暖かな日の光と沃土《よくど》

私らは何一つ価値など残せないのに
宇宙を巡る地球の公転と自転は
季節と朝夕《ちょうせき》をもたらし生物を育む

水も空気も加わった力のままに
真っ直ぐに進めばいいのに
川にしても偏西風にしても
何故ともに「蛇行」するのか
水も空気も大きな集団になると
自らの意思のように動き出すのか？

かつては一面に広がった麦畑

初夏の光と風に揺れる黄金の穂波
青い空の下に息づく麦たちの踊り
村人の祈りや鳥たちの囀《さえず》りも空しく
はるかに広がる黄金色の麦畑に今は
夥《おびただ》しい砲弾の穴が黒々と空を覗《のぞ》いている

星々と夜露

しんとした藍色《あいいろ》の星空の下
山野の草花に千々《ちぢ》に夜露が降りている
青紫色の五裂の花を咲かせる桔梗《ききょう》も
尖《とが》った花の先端に露を付けている

地の巡りは季節の移ろい
風の巡りは潮流の揺らぎ
海の煌《きらめ》きは四季の風により
空の青さは海と光の色による

空の星々はそれぞれの光を発して
紺色《こんいろ》の闇の底で地上に眠るものたちの
ささやかな明日の祈りのために巡るのか？
いつも同じ朝が保証されているとは限らないのに

黒い地に息をする静寂な眠りの中を
音もなく夜空の星々は巡り続ける
だが桔梗に宿った一滴の露は
昇る朝日に燦然《さんぜん》と輝き出すのか？
それとも日の出を待たず干涸《ひから》びるのか？

人の生きる場所

一つのドアを開《あ》けて　きみは外に出た
初夏の光が降り注ぐ明るい庭園が広がっていた
赤や白の薔薇やライラックの花が匂っていた
蝶や蜜蜂が飛び草木が若葉を伸ばすきみの場所

一つのドアが開《ひら》いて　ぼくは中に入れられた
鉄格子で仕切られた狭く冷たい部屋だった
人込みでいきなり何者かに突き倒され相手は逃げ去った
気がつくとぼくは血糊《ちのり》のナイフを握っていて逮捕された

別の一つのドアを開けて　あなたは中に入った
高い天井から下がる華飾《かしょく》のシャンデリアの下に
選ばれた者のみが享受できる富と栄誉と名声の世界
美しい記念杯《トロフィー》たちが居並ぶ中であなたはその一つとなる

別の一つのドアが開いて　俺は中に入れられた
紐で後ろ手に縛られ銃口を突きつけられ地下に降りた
部屋の床は血で黒ずみ天上から鎖がぶら下がっていた
どこかで低い呻き声がした　これが俺の場所なのか？

※トロフィー（Ｔｒｏｐｈｙ）：一般に競技会等において授けられる優勝杯、記念盾の総称。古代ギリシアの「戦利品」が語源とされる。俗に、トロフィー・ワイフとは富や名声を得た男性が成功後、「己の地位を誇り美貌を賞賛させる」ためだけに結婚した妻を指す。

失われた視野

あなたの目の中の夕日
黄金色に染まる西の空を見ている
緑濃い密林の山々もスコールも抜け
輝き反射する広大な海面《かいめん》の影絵を追う

あなたの目の中の太陽
白銀《はくぎん》に輝く闇の壁を手で伝いながら
静かな朝の潮がやさしく岸辺を洗う
かつて村人たちが漁《すなど》った浜の匂いを嗅《か》ぐ

あなたの目の中の闇
水平に進むことはこんなにも難しいのか？
いっそ下に落ちれば楽だったかもしれない
どこかで声がした　それが出口である保証はなかった

あなたの目の中の傷
白茶《しらちゃ》け黄ばんで歪《ゆが》んだあなたの目
かつて差別や不条理がなかったことなどなかった
あなたの失われた視野から子供たちが連れ去られていく

いびつな季節

一つの季節の終焉《しゅうえん》が
次の季節の始まりではないように
四季が全ての国にある訳ではないように
一日の終わりが一日の始まりである訳ではない

母たちが子たちのために流した涙
子供たちが母に向かって流した涙
父たちが家族らのために忍んだ涙
家族たちが家族のために流した涙

遠くで風が渦巻《うずま》いている音がする
夕暮れに裸足の少年が母を呼んでいる
「人は誰でも心に負った深い傷は重くても
抱えたままただ一人で生きていくしかない」

暗い大地にもいつか優しい雨は降るのか？
枯れた木々に花は咲き実を結ぶのか？
一人の痩《やせ》せた少女が村からそっと去っていく
季節の終わりが次の季節の始まりではない

同じ地軸

一片《ひとひら》の花びらが花托《はなたく》から離れるとき
友たちや空や雲は見送ってくれるだろうか？
春のまだ季節の浅い日暗い土をめがけて
「最初に突っ込むやつが一番骨のあるやつだ」と

一粒の麦が穂から零《こぼ》れて落ちていくとき
空の風や穂たちは声援を送ってくれるだろうか？
ヒバリたちがヒナを育て畑の上で囀《さえず》りあった日
四季はどんな季節にも平等だったはずだ

まだ目が明かない赤子《あかご》の目蓋《まぶた》から
大粒の熱い涙が頬を伝い落ちるとき
母なるものと神なるものとの
奇跡的で必然的な出会いなのだろうか?

歴史はいつも人々を争わせ滅ぼす
「あっちが敵だ」「こっちが敵だ」
時代の中で戦われなかったことはない
これは人々が同じ地軸を回っているからか?

太陽の孫

砲撃と爆撃で焼かれ荒らされた
ヒマワリ畑も畝《うね》の外れに残っていた
今年の空の色はいつもと違っていた
硝煙《しょうえん》と焦げた臭いが野を覆《おお》っていた

約束された刻《とき》に稔《みの》るとは限らない
東の空の一角を爆撃機らが去っていく
畑の中に不発弾が無数に埋まっていた
荒らされた土の中の銀色の墓石

酷烈《こくれつ》の猛暑の日々の血みどろの戦いも
いずれ涼《すず》しく爽やかな風が吹き渡り
群青色《ぐんじょういろ》を取り戻した空の澄んだ風の中に
森の鳥や渡り鳥たちは羽を休められるのか?

遠い宇宙から見れば太陽は
普通の大きさの黄色い星だという
地球が太陽の子供だとすれば
地球の子のヒマワリは太陽の孫

いつかそんな刻が来るだろうか?
太陽の孫たちがいつか芽生え育ち

野や畑をみな黄色い花々で咲き満たして
天に輝く太陽に喜びを伝える日が

秋に……

赤や黄色の葉たちが青い空で鳴っている
四季に色づいた楓類《かえでるい》が風に揺れている
樹々の葉を透かして秋の雲が浮かんでいる
一部は天を掃き一部は中天に淀《よど》んでいる

一念の願いが岩間の間隙《かんげき》を射貫《いぬ》き
不実で固められた砦を崩壊するような
そんな奇跡が信じられた遠い昔の日々
一本の腕で一本の脚で一つの知力で
倹《つま》しくもそれなりの生活ができたものだが

時代は悲しく進化する
社長の子は社長　医者の子は医者
ある政治家の父も祖父も曽祖父も政治家

世間に真実や悲痛な声や感情などはなく
官僚らの捏造文書が官公庁に大書される
持ち去られた偽造の書類は時を待たず
細断され瓦礫と混ぜられ地中処理される
そして然るべき舗道《ほどう》と並木が整備され
「偉大な政治家たち」の銅像が立ち並ぶ

僕は忘れない　難民キャンプの隅で蹲《うずくま》り

悲嘆と思案に暮れている一人の痩せた少年を
彼は闇に向かって考える
「キャンプに戻ればぼくの病気が皆に移る……」
彼は自らの足で立ち上がり
枯れ木のような身を震わせて森の奥を目指していく

この地球は異常な春と夏と秋をもたらしながら
走り去るのだろう　楓の樹々を揺らし葉を散らして

居場所

茜色《あかねいろ》の群雲《むらくも》が西の空に広がり始め
夕暮れの中にささやかな静穏《せいおん》が訪れる

はるか丘の上に老人と老犬が座っている
夕陽を受けてまるで黒い樹の塊根《かいこん》のように
彼らは何時間座っているのだろうか?
何を見何を感じ何を思っているのだろう?
彼らの出会いと生活　日々の感情と時間
老人は老犬を引き寄せ老犬は老人に従う

町の中では夕食の支度《したく》に余念《よねん》がない
一家の夕餉《ゆうげ》の団欒《だんらん》は明日への活力だ
社会の差別と理不尽は世の常のことで
せめて家族の中だけでも楽しむべきだ

丘の上の一つの影が宵闇《よいやみ》に溶けていく
従順とはただ主人の後にひたすら
付き従うことだけではないのだろう
愛する者に無心に寄り添い　それに
無上の喜びを見出すことではないか

藍色《あいいろ》の闇が迫ってきて町の中に灯火が点った

いずれこの町や丘にも秋から冬の風が吹くだろう
あの老人と老犬は一体どこへ行くのだろう？
それとも彼ら自身が互いの居場所だったのか？

いつか光に

一粒の種子が土の中で火が点り
暗闇の中にそっと柔らかな芽を出し
天へ向かって上へ上へと子葉を伸ばす
地面での光との天文学的奇跡の出会い

天から零《こぼ》れ落ちた地上への恩寵と運命
ある人は暖かい海外でクルージングを楽しみ
ある子供は爆撃された瓦礫の中で夜を明かす
きみは花束を誰に上げるのか分からないでいる

地球は太陽系で誕生から約四十六億年とされるが
人類はこの地球で誕生して百万年から十万年という
そんな地上の新参者で乳飲み子の若造たちが
半減期七億年の核燃料ウランを取り扱えるのか？

地球上のあちこちで森林が伐り倒され
土地が荒らされ削られ表土が剝《は》がされる
砲撃された野や畑に穿《うが》たれた無数の穴
いつかその中から若い芽が光に顔を出すだろうか？

静寂の湖

『Platoon』作　オリバー・ストーン監督に捧ぐ

誰も知る者のない遥かな山の奥に湖があるという
地図になど載《の》ってはならない類《たぐい》のものなのだろう?

普段はとても静かな美しい湖で
岸辺から手と指を水に浸《ひた》せば
冷たく澄んで手は青碧色《あおみどりいろ》に染まりそうだという
湖の真ん中は空よりも濃い藍色《あいいろ》をしている

この湖が静かなものか烈しいものか僕は知らない
暁《あかつき》に明かりが周りを支配しないうちに
岸辺や湖面に密かに白い霧がどこからか現れ
一粒の霧粒《きりつぶ》が自分自身の苦しみの棘《とげ》を呟き
また一家の子供たちの悲しみや苦しみを訴える
失われた者たちは自分たちの失われた思いの舞を舞い
やがて白い霧が姿を変じ灰色や黒ずんだ霧となり
山上のどこからか熱を帯びた疾風《しっぷう》が駆け下りてくる
熱情の彼らは舞踏のステップを無視して踊り狂う
この霧は時に怨みとなり怒りとなり殺意となり
愛憎となり哀憐《あいれん》となり苦界《くかい》の泥土《でいど》を這《は》いずり回る

やがて湧き立った霧たちは
朝日が昇るにつれて消えていく
いずれこの山の中のこの青碧色の湖に
一時の平穏と静寂が戻ってくる

世の中にはこのような湖と
苛酷な戦場とがいくつもあり
地球は静かに人々を乗せて
同じ所を回っているのだろうか?

村の墓苑《ぼえん》

柔らかな小さな穴に
幼い指たちが実をそっと摘《つ》まんで植える
日々輝《かがや》かしさを増す晴れ渡った光る日に

少女たちは決められた穴に
思い思いの春の草花を植える
失った友人の悲しみも添えて空の日陰に

村人たちは筋骨をふるい汗水を流し
スコップで掘れるだけの穴を掘り

彼らが担ぐことができる重い悲しみを穴に埋める

柔らかな風がブナとミスナラの若葉を揺らし
枝先で胸を膨らませてコマドリたちが囀《さえず》り
春の陽を　春の季節を　春の村里を寿《ことほ》ぐ

いつしか機械がやってきて
大き過ぎる穴を掘り起こし
コンクリートが流され巨石が配され
近代的で芸術的な施設が出来上がる
施設の門には鋳造《ちゅうぞう》された看板が掲げられている

「人々を愛した者のみが入ることを許される
戦いよりも義を尽くした者こそ身を横たえられる
光たちに祝福されれ燦然《さんぜん》たる永遠の眠りに包まれる
聖なる御名《みな》によりて」

瞳《め》に映る景色

春の光の中で緑色の瞳
エメラルドグリーンの湖に向かって
思いの丈《たけ》を丸ごと張り叫んでいるか？

夏の光の中で青色の瞳
コバルトブルーの空に向かって
きみの真の心だけ張り叫んでいるか？

夕闇迫る褐色の瞳
霙《みぞれ》交《ま》じりの空に向かって

人としての道を街中に叫べるだろうか？
ある国での虐殺と拷問と子供の連れ去り
ある国での瓦礫《がれき》と化した山から記憶の品を探すこと

朱色の闇

春の日差しに目を閉じれば
目蓋《まぶた》の裏に朱色の闇が広がり
棄てられた思いや飲み込んだ悲しみ
それらがアメーバのように蠢《うごめ》いている

あなたが差し出した一本の白い薔薇
だが棘《とげ》で傷ついた指の血が痛みを悔いている
人の悲しみを共にするには平常ではいられない
だからあなたは陽気なタンポポを差し出せばいい

汚れてしまった絵なら修復できるが
砕け散った思い出は取り返すことができない
少年時代に町でふと見かけたパラソルの男女
それが母だと知ったのはずっと後のことだった

大人になることは人間的に成長することではない
進化の一つの形態が退化でもあるように
歴史が進めば明るい未来が待っているわけではない
拷問部屋の奥に子供の拷問部屋が続いているように

目録

多くの住民が暮らす街は危機的だった
街の半分ほどが砲爆撃され瓦礫《がれき》の中に
建物がかろうじて立っているように見えた

四階建ての彼らの事務所は楽しかった
のっぽの青年ハーリドは金縁の丸眼鏡《まるめがね》を鼻にかけ
鼻歌を歌ったり口笛を吹きつつ仕事する
そのくせ彼の設計図には一部の狂いはなかった
お人好しでややおせっかいな中年おばさん
ナディヤは事務所の入り口に飾られている

国花のアイリスの世話が生きがいの一つ
もう一つの生きがいはナディヤの首に付けている
銀色のリングにハート型のロケットペンダント
写真には夫婦と息子と愛犬が仲良く写っている
彼女はいつも機嫌がよく信頼できそうな客には
そっとロケットの写真を見せて微笑んだりする
それでも彼女の慣れた事務作業は申し分がない
先月結婚したばかりの新妻のライハーナは
仕事をする手を休めてぼーっと窓の外を見たり
薬指の結婚指輪を見ては夢見る思いで溜息をつく
指輪の裏側には「Ｓ　ｔｏ　Ｌ」と書かれている
ナディヤがそれを見てからかって言う

「新郎が窓の外から走って来るのかい？」
ライハーナは顔を真っ赤にして仕事に取りかかる
その様子がおかしくてナディヤが笑いだし
ハーリドも眼鏡の奥で笑みをこぼしライハーナも微笑んだ
気のせいか路上で遊ぶ子供たちの歓声が聞こえた

戦闘機がロケット弾を発射する音と砲撃が交錯した
赤黒い炎が家々を焼き黒灰色の煙で街は霞んだ
街の建物の大半が崩壊しほとんど瓦礫と化した

数ヶ月後　消防隊・警察・生き残った住民やボランティアらの
捜索で見つかった持ち主不明品や遺品の目録が公開された

【目録】

……

金縁の丸メガネ　一点

……

家族写真の入ったロケットペンダント　一点

……

『Ｓ　ｔｏ　Ｌ』と彫られた結婚指輪　一点

……

目蓋《まぶた》の裏の世界

人は見たものよりも
目蓋の裏に浮かぶものを
真実だと思うものかもしれない

乳飲《ちの》み子たちは
胸に抱かれた母の姿より
目蓋に浮かぶ温かい雲の中で
慈母《じぼ》に包まれて幸福感を感じるのだろうか？

少女たちは友達の

誕生日会で着るドレスよりは
もっと艶《つや》のある銀色のドレスを着る
自分の姿を胸の中に思い描いているのだろうか?

青年は大波にサーフボードを取られて
海の中に叩き込まれてしまった
だが心は青い海と白い波の間を縫《ぬ》って
空が水平線と溶け合う果てまで滑っていくだろう

塵《ごみ》に囲まれて一人暮らす老人が見るものより
家族らが愛する人への別れを惜しんで
病院のベッドの周りで息を潜めて祈っている

そんな光景を目蓋の裏に浮かべているのだろうか？

戦場の兵士らは疲れ切って
塹壕《ざんごう》の目の前の光景も状況も
正しく見ることができなかった
だが故郷では愛する家族や優しい娘に囲まれて
平和で静かな人としての生活が待っている
彼らがみんな手を振り声をかけて呼んでいる
村の畑のヒマワリも黄色い花を咲かせて揺れている
その声にふとヘルメットを外して青い空を見たとき
くぐもった陰湿《いんしつ》な銃声がして
彼は急に塹壕の中にくずおれた

額を撃ち抜かれ壕の中は血の海だった
敵の狙撃兵によるものだった
彼がヘルメットを捨てて青い空を仰ぎ見たとき
目蓋の裏にはどんな光景が浮かんでいたのだろう？

冬の訪れ

夜半の風が冷たく軒を鳴らす
窓に張り付いた綾模様《あやもよう》の霜の結晶
家々や道に降り積もった夕方の雪は
このまま根雪となって年を越すのか

空には鋭い鎌《かま》のような月がかかっている
冬の星座を刈り取り天の女王に贈るのか？
生贄《いけにえ》は宇宙でも地球の上でも摂理なのか？
ブラックホールに飲み込まれていく星たちの叫び

夜の静寂の中を一つの河が流れている
痩せ細った孤独な月の光を川面に映し
上流から下流に流れるという永遠の営みを続ける
富める者から滴り落ちる蜜に群がる世の習い

来年の春まで深く根雪に覆われていく地面
私たちの希望も絶望も失意も悲しみも
暗黒の宙に冷たく開いた穴に投げ棄てられる
誰も訪れたことのない凍った墓の中へ

岬と少女

岬の先に一人の少女が立っている
青く丸い海を眺めているのか？
遠い水平線に思いを馳《は》せているのか？
この世の悲《ひ》苦《く》哀傷《あいしょう》に耐えかねてか？

今年の夏は猛夏だったという
はやくも晩春から熱帯夜となった
海が陸地を侵し別の島へ移住した人たちもいた
地球が異常なのか人類が異常なのか？

岩礁の鳥たちがふと海から飛んできて
ちょうど彼女の背の高さの辺りを舞った
しばらく彼女は渦巻く羽根の中にいた
鳥たちがねぐらに帰る時がきたらしい

水平線の太陽はオレンジ色に輝いていた
やがて周りの雲を伴って煉瓦色《れんがいろ》に濁った
夜の漁の支度《したく》か野太い声のやり取りがした
いつしか少女の姿は闇の中に紛れてしまった

ポプラの綿毛《わたげ》

見上げると初夏の静かな空を
ポプラの白い綿毛が幾つも舞っていた
水色の空の凪《な》いだ気流を滑っていくように
綿毛たちは東西南北左右に滑っていく

まるで重力のない空中の無重力空間
きみたちの心や思いも届くかもしれない
果てしなく四方八方に舞っていく
温かい家庭や紛争地や占領地や難民キャンプへ

あの綿毛たちのような動きが
この世の中の常の習《なら》いならば
世界はもっと平和で穏やかだろう
弾圧や爆弾も落ちない四辺《しへん》への広がり

世の中の現実は時間と共にある
千年前の出来事は歴史となり
百年前の戦争は文化史となり
何万年後の核廃棄物孤児らは現実となる

後記

子供の頃、夏休みにはよく従兄弟の家に遊びに行った。丁度、年齢も近かったので、三人で野球や磯遊びをして過ごした。家は半島の外海に沿った小さな村で、従兄弟の畑から見下ろすと、浜と岩礁の向こうに、はるかな青い海が広がっていた。村はいわゆる「海岸段丘」という海から数十メートルほど土地が隆起した所にあり、海の間近でも台風などによる高波の被害を免れていた。だから、海岸に行くには、曲がりくねった崖の小道を縫って下っていかねばならなかった。磯では水中眼鏡をして、磯の小魚や巻貝などを捕まえたりして遊んだ。

夜、子供たちが寝るのは離れの二階だった。真夜中、何かに圧し付けられる気がして目が覚めた。従兄弟たちは静かに寝息を立てている。遠くで何か唸《うな》るような音がして、それが周りにうねり、空や村や部屋など全てが飲み込まれそうな気がした。恐る恐る窓を少し開けてみた。海からの音だった。それは何か巨大な生き物が吼《ほ》えているようにも聞こえた。初めて聞いた夜の海の本格的な「海鳴り」だった。恐ろしくも崇高《すうこう》な音だった。

地球の半径は約六四〇〇キロメートル《キロメートル》、海の平均深度は約三八〇〇メートル《メートル》。つまり、三七七六メートル《メートル》の富士山がすっぽり入ってしまう程深い。しかし、地球の半径は海の深さの約一六八四倍。逆に海の深さは地球半径の約一六八四分の一でしかない。大海も深海も地球の中では、卵の殻の厚さにも及ばない。それでも人にとって海は巨大で深い。

地球は約四六億年前、太陽系の微惑星などが衝突・融合・合体を繰り返し、地球の始原の形ができ、さらに原始地球の重力に捕らえられた微惑星や隕石などが次々に衝突して融合し成長していった。微惑星などの衝突によるエネルギーは膨大で、その熱で地球は溶けて地表はマグマの海になっていたと考えられている。

微惑星や隕石中の様々な物質、二酸化炭素、水、その他の化合物はマグマの海に溶けるか、二酸化炭素や水（蒸発）などの気体は原始の地球を分厚く覆っていた。やがて、微惑星の衝突が減少し、高温の地球の温度が下がっていった。それまで分厚く覆っていた地球の雲の水蒸気は、やっと気体の水蒸気から液体の水となることができた。雨の誕生である。雨は分厚い雲から幾年も幾十年も降り続けた。それは天からの洪水のようなものだった。そして、今の海ができていった。

生命は海から誕生したとされる。地質時代の化石などの研究からも明らかにされている。生命は海で誕生し、進化し、陸上に進出した。胎児が母の子宮の中で浮かんでいる「羊水」の成分は、海水の組成とほぼ同じである。胎児は羊水の水を飲む。我らは海の子なのだ。「海は生きている」とも言われる。「生き物」ではないにしても「生き物」の様でもある。魚、エビ、カニ、サンゴの種類の多くが大潮の時に産卵する。海は母の様でもある。

生まれが半島の先にあった関係で、子供時代や大人になってからも、よく海に出かけた。周りに人気《ひとけ》がない夜のことが多かった。夜空の下で黒々とした海は、背を丸めた大きな生き物のように思える。空には無数の星。月が昇ると海面は銀《ぎん》灰色《かいしょく》に反射する。潮が動き出し、夜風が吹き、波が岸辺を洗う。海の生き物たちの営みが始まる。岸辺ではカニたちが歩き回り、沖の魚が飛び跳ね海面を打つ音を立てる。中空を流星が駆ける。生き物たちと夜の潮の呟き……。

そんな生き物のような母なる海に、人類は不要な物、危険な物、廃棄物を垂れ流し続ける。

◆桂沢　仁志（かつらざわ　ひとし）
1951年、愛知県生れ。北海道大学理学部卒。
元高等学校教諭。愛知県豊橋市在住。
著書：「八月の空の下（Under the sky of August）」
対英訳詩集 2010年
「仮説『刃傷松の廊下事件』」歴史考察 2013年
「生と死の溶融《メルトダウン》」八行詩集 2014年
「光る種子たち」十六行詩集 2018年
「踊る蕊たち」詩集 2019年
「樹液のささやく声」詩集 2020年
「漂着の岸辺」詩集 2021年
「遺棄された風景」詩集 2022年
「夕暮れの残影」詩集 2023年

海の輝き　潮《しお》の呟《つぶや》き

2024年3月13日　初版第1刷発行

著　者　桂沢　仁志

発行所　ブイツーソリューション
〒466-0848 名古屋市昭和区長戸町 4-40
電話 052-799-7391　Fax 052-799-7984

発売元　星雲社（共同出版社・流通責任出版社）
〒112-0005 東京都文京区水道 1-3-30
電話 03-3868-3275　Fax 03-3868-6588

印刷所　藤原印刷

ISBN 978-4-434-33682-9